할아버지의
코로나 생존일기

다시는 이런 불상사가 없도록!

기원전 2,000~600년경까지의 동양의 민요를 모아놓은 『시경(詩經)』이라는 책에선 주(周)나라의 노래에

"난 그런 걸 마음속 담았다가
뒷날에는 절대 이런 불상사가 없도록 하겠네.
풀잎으로 벌을 쓸어 담는다고?
스스로 벌에 쏘이는 꼴을 당하고 말인데!
벌 그놈 처음에는 복숭아벌레처럼 작았으나
날개를 달고부터 새와도 같지 않은가?
집안에 감당할 수 없는 불상사가 터지지 않도록
미리 벌레잡이 고추여귀풀이라도 모아 없애봐야지."[1]

---

1   詩經 周頌小毖編: "予其懲而毖後患, 莫予荓蜂自求辛螫. 肇允彼桃蟲, 拚飛維鳥. 未堪家多難, 予集于蓼."

마치 미국 가수 디온 워릭(Dionne Warwick)의 노래처럼 "다시는 이런 식으론 사랑하지 않을걸."

"환상 속을 들여다보고 하나하나 현실로 만들었지.
아무도 찾지 못한, 할 수 있는 방법
나를 받아들인 이후 추억을 하나씩 간직했었지.
이것을 결코 사랑하지 않을 걸 알았지.
다시는 이런 방식으로 사랑하지 않을 거야.
좋은 일이 사라지기 전에 계속 붙잡고 있었지.
바보는 그럴 거야. 내일을 잃고 어제로 돌아가지."[2]

2022. 8월
이대영

---

2 Dionne Warwick, I'll Never Love This Way Again :"You looked inside my fantasies and made each one come true / Something no one else, had ever found, a way to do / I've kept the memories one by one, since you took me in / I know I'll never love this way again / I know I'll never love this way again / So I keep holdin' on, before the good is gone / I know I'll never love this way again / Hold on, hold on, hold on / A fool will lose tomorrow reaching back for yesterday … So I keep holdin' on before the good is gone / I know I'll never love this way again / Hold on, hold on, hold on / I know I'll never, love this way again / So I keep holdin' on before the good is gone / I know I'll never love this way again / Hold on, hold on, hold on."

차
·
례

할아버지의
코로나 생존일기

2015.6.12~2022.7.5

메르스를 무사히 넘긴 건

2015. 6. 12.

　　　　　2003년 사스(SARS)는 인천공항에서 원천봉쇄를 했다면, 2009년 신종인플레는 타미플루 특효약을 수입·보급해 극복했다. 기억으로 가장 참혹한 사례는 2015년 메르스(MERS)다. 최초 발병 후 일주일이나 늦게 청와대에 보고되었고, 대처에도 늦었기에 만시지탄이었다.

　　그러나 대유행을 막아섰던 수호천사가 있었으니, 오늘 『중앙일보』에 소개된 "저승사자 물고 늘어지겠습니다. 내 환자에는 메르스를 못 오게."라고 한 사람이다.

메르스의 수호천사(편지)

2015. 6. 12.

"저승사자 볼 뻔 늘어지겠습니다. 내 환자에는 메르스 못 오게"

○ 한려대 동탄성심 병원, 메르스 중환자를 지키는 김현아(46세)가 쓴 편지
● 의료진이면 미리 알리 못해 죄송하며, 더 따뜻하게 돌보지 못해 죄송했으며, 낫게 해드리지 못해 죄송했다고.

○ 심폐소생술 때문에 위에다는 그녀에겐 맡기않 함께가 "저승사자와 싸우는 아이라니" 했다. 지금까지 사망는 점반 약칼간의 저승사자에게 "내 환자 내놓으라"고 붙고 늘어졌던 사간이다. (중앙일보, 2015. 6. 12.)

김 현 아

전세기로 우한에서 송환

2020. 1. 31.

      지난 20일부터 우리나라에서도 확진자가 발생했다. 제1호 우한독감(코로나 바이스19) 확진자는 중국 우한(武漢)에서 온 중국 관광객이다.

  중국의 국경 봉쇄로 오도 가도 못하는 우리 국민(관광객 혹은 기업인)을 송환하기 위해 정부는 중국에 전세기를 보냈다. 오늘 새벽 6시 5분, 368명이 전세기를 타고 인천공항에 도착했다. 못 온 나머지 동포는 다음 특별기로 모셔올 모양이다.

  정부는 이들을 특별격리 및 치료할 장소로 진천 국가공무원 연수원을 선정하고, 주민 설득에 들어갔다.

전세기로 우한에서 송환

Jan 31, 2020

○ 우한에 침경 봉쇄로 인하여 오도가도 못하는
  우리국민이 06:05 368명이 인천공항에
  도착해서 진천에 있는 공무원 연수원 등에
  14일간 격리감찰 한다

○ 제화 특별기를 무상해서 나머지 동포들 새벽에
  송환할 계획이다

○ 진천주민은 처음에는 반대했으나, 설득되어
  "편안히 쉬다 가세요" 현수막으로 도배하고
  전국에 농수물주문이 문전성시라서 돈쁄운동이
  전개되었음.

대구 신천지교인 31번 발생

2020. 2. 18.

　　　　　중국 우한에 선교 갔다가 온 우한독감에 전염된 31번 확진자가 대구에서 발생했다는 뉴스가 지역사회를 공포의 도가니로 만들었다.

　그렇게 열성적으로 선교 활동을 했던 남구 대명동 신천지교회가 바이러스 배양접시 역할을 할 것이라는 두려움에 전 시민이 사로잡혔다.

※ 나중에 밝혀진 바로는 31번 확진자는 38명이나 전염시킨 슈퍼 전파자가 되었고, 본인도 입원해 67일 되는 날인 4월 24일에 퇴원했다.

대구 신천지교인 31번 발생

Feb 18, 2020

○ 중국 선교갔다가 온 우한독감에 전염된 31번 확진자 대구에서 발생했다는 보도가 있었다.

○ 나중에 밝혀진 바로 38명이나 전염시킨 수퍼전파자가 되었고, 67일차 입원하여 4월24일에 퇴원했음.

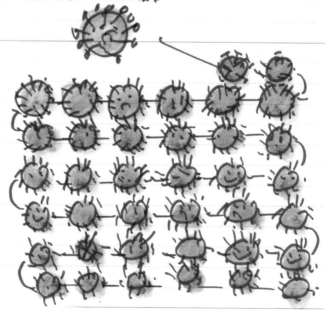

중국, 우한에서 산 환자 화장

2020. 2. 19.

　　중국 유수의 반공 매체 NTD 텔레비전
에 유한폐렴 확산 이후 중국 당국에서는 사망자 수를 축소 발
표하며, 시신 가방(body bag) 100만 개를 준비했다고 한다.
　우한 화장터의 비명 소리는 유가족의 울음소리도, 귀신 소리
도 아닌 산 채로 태워지는 환자들의 비명 소리라고 했다.
　평소 화장 건수의 10배 이상 폭주하여 시신 가방을 열어보
고 살아있는 사람을 확인해 보낼 시간적 여유도 없다고 한다.

중국.우한서 산 환자 화장

Feb. 19, 2020

o NTDTV. 우한폐렴 확산 이후 사망자수
   폭증발표, 중국에 시신가방 100만개준비
 — 우한 화장터 비명소리는 우는소리로 아니요,
   시신소리도 아닌 산채로 태워서 나는 소리
 — 평소의 화장건수의 10 배이상 폭주하여
   확인 한 사건도 있다.
 o 시신가방이 움직여서 열어보니 살아있어
   다시 내 보내기로 했다는 보도가...

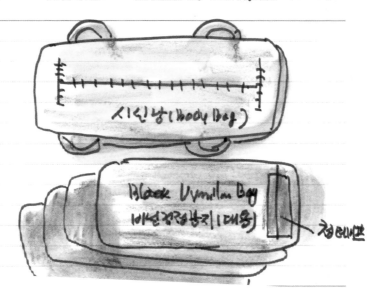

시신낭(body bag)

Black Vynilm Bag
비닐접합방리(대용)   청테잎

한 치 앞이 보이지 않는 터널

 2020. 2. 20.

'조용한 두려움(silent fear)'이 한 치 앞도 보이지 않는 어둠으로 다가섭니다.

누군가 말했습니다. "두려움은 그 자체가 마음을 해치고, 사람을 연약하게 만든다(Fear hurts the heart and makes people weak)."고.

그러나 지식만이 공포의 치료제라는 사실과 과학만이 백신이라는 사실을 새삼 깨닫게 됩니다.

walking in the dark of
silent fear from Cornovirus.

'혼자' 사는 시대가 도래

2020. 2. 21.

자가격리(home stay), 사회적 거리 두기 (social distancing) 등 어울리는 기회가 적어지면서 '혼자' 시대가 찾아왔다. 혼자 밥 먹는 혼밥, 혼자 술 마시는 혼술, 혼잠, 혼섹까지 들먹인다.

모처럼 대구 시내를 나갔더니 변화가 대구백화점 앞에도 나까지 2~3명뿐이다. 마치 영화 속 마지막까지 우주전쟁에서 생존한 사람처럼 느껴진다.

"혼자" 사는 시대가 도래

Feb 21, 2020

○ 자가격리(Home Stay), 사회적 거리 두기 등
어울리는 거리가 적어지면서 "혼자" 시대가
찾아왔다. 혼자밥 먹는 혼밥, 혼자 술마시는
혼술, 혼잠,...혼먹까지를 덮인다.

○ 모처럼 시내에 나갔더니, 번화가 대구백
화점 앞에도 나가지 2~3명이다. 마치
영화 속 "마지막까진 우주전쟁에서
생존한 사람"인냥느껴진다.

'혼자' 사는 시대가 도래 · 25

대구 폐렴, 대구 코로나 이제 그만!

2020. 2. 23.

　　　　　오늘은 매일 확진자 상황을 시민에게 보고하던 권영진 시장이 정색을 하고, "대구 폐렴, 대구 코로나, 이제 그만."을 호소했다.

　대구 지역의 정치적 정서가 격화되고 있어 서로 자제를 해야 하는 상황이다. 대구 지역에서 '문재인 폐렴' 혹은 '정세균 세균 전파'라고 표현하자 타 지역에서는 '대구 폐렴' 혹은 '대구 코로나'로 맞대응했다. 대구시민의 입장에서는 코로나 유행이란 태풍의 눈이 되고 있다.

대구 폐렴, 대구 코로나 이제 그만!

Feb 23, 2020

- 대구시에선 신천지 교회에서 31번 확진자로 확산되어 9,000여 명이나 의심환자가 있는데 검사에 임하기 싫고, 경찰은 출동 ..

- 추무총리 정세균까지 대구시청에 진두지휘하라, 대구에서 "접바준이 배준을 력뜨렸다"고 하여, "문재인 폐렴"이라고 하며 "대구폐렴" 혹은 "대구코로나"라고 대응

- 2020. 2. 23. 대리강 천명진이 이제 그만을 당부하다.

- ※ 미래통합당 동구갑 예비후보 김승×가 "문재인 폐렴 대구시민 다죽인다"고 캠패인

한국 코로나 유행의 태풍 속에서

2020. 2. 24.

대구광역시는 한국의 4대 대도시 중 하나로, 250만 명이 살고 있으며, 사과와 코로나19로 유명해졌습니다. 그건 나라에서 증가하는 새로운 코로나 바이러스 발병의 진원지기 때문입니다. 또한, 바이러스에 대처하는 방법이 다른 국가나 도시에 귀감이 되기 때문입니다.

이곳 대구에선 바이러스에 대한 어떤 두려움도 전혀 느끼지 못합니다. 폭동도 없고, 그들의 도시에 수백 명의 확진 환자가 나왔음에도 자가격리(自家隔離)와 생활치료센터 치료를 반대하거나 공포를 느끼는 시민은 한 명도 없습니다. 그 대신 너무 금욕적으로 자제하고, 고요함 혹은 적막만이 흐르고 있습니다.

대부분의 업체와 가게들은 문을 닫았습니다. 모든 학교도 문을 닫습니다. 대부분의 사람은 집에 있습니다. 도시는 '특별관리지역'으로 지정·선포되었지만, 어떤 봉쇄도 없습니다. 사람들은 대구 밖으로 외출도 하고, 개를 데리고 산책길을 나서기도 하며, 식료품을 구입하러 외출까지 하고 있습니다.

대구 거리는 놀라울 정도로 분주합니다. 여기엔 뭔가 걱정이 있습니다. 사람들은 걱정하고 있습니다. 아마도 조금은 두려울 것입니다. 2020년 2월 24일 대구 동성로 상가에서 마스크를 쓴 보행자들이 거리를 걷고 있습니다.[1]

---

1   Ian Pannell, Inside the epicenter of the South Korean coronavirus outbreak: Reporter's Notebook, People can leave Daegu and go out to walk their dogs or get their groceries. February 24, 2020, 11:54 PM : " Daegu is South Korea's fourth largest city, it is home to two and a half million people, famous for its apples and COVID-19. It is the epicenter of the country's growing novel coronavirus outbreak. It is also, perhaps, a model for how other cities and towns in the free world might try to deal with the virus. There is no panic here; no rioting, no fearful mobs opposing the housing and care of hundreds of infected patients in their city. Instead there is a stoic calm and quiet. Most businesses and stores are shuttered. All schools are closed. Most people stay at home. The city has been declared a 'special management zone' but there's no total lockdown. People can leave Daegu and go out to walk their dogs or get their groceries and they do. The city streets are surprisingly busy. But there is worry here, people are concerned, perhaps a little fearful. Pedestrians wearing face masks walk on the street at Dongseongro shopping district in the southeastern city of Daegu on February 24, 2020…."

Inside the epicenter of the South Korean
Coronavirus Outbreak: Reporter's Notebook
Ian parmel
24. February, 2020
ABC News. U.S.A

Silent fear is slowly gripping Daegu,
South Korea: The city has been declared
a "Special management zone." But there's
no total lockdown, people can leave Daegu
and you can the walk their dogs or get their
groceries and they do.
The city streets are super simply busy, but
there is worry here, people are concerned, per
haps a like fearful . . . .
It currently has most 200 patients. They all
have corona.

대구, 힘내세요!

2020. 2. 24.

미국의 ABC 텔레비전에서도 대구시가 지구촌 코로나 질환 태풍의 눈으로 집중되는 상황에서도 조용하면서 차분하게, 폭동이나 불미스러운 사건 없이 극복한다며, 모범적인 사례로 대구시의 모습을 방영했다.

이를 지켜봤던 국내외의 언론, 기관단체로부터 '대구 힘내세요!'라는 캠페인이 전개되었다. 대구 시내에서는 '사랑의 도시락'으로 의료진에게 감사와 마음을 담은 손 편지까지 등장하였다.

대구 힘내세요! ^^

Feb. 24. 2020

○ 전국 전으로 의료진이 자원봉사 지원,
  군의병(간호사), 119 소방사 … 등 집결

○ "대구 힘내세요!" 캠페인 전개, 지역출신
  개그맨 김제동의 어깨동무, 도시락 전달,
  카드, 메모(편지)의 당래하여 훈훈한
  인정미 !

사랑의 도시락

감사합니다
희생의 끝
희생의 거룩이

Love Lunch Compain

털~썩~ 주저앉고 싶었지만!

　　　　전국 각처에서 자원봉사로 대구에 오신 의료진 혹은 소방서 119팀원들은 밀려오는 확진자의 호출전화에 며칠간 밤잠까지 설쳤기에 눈꺼풀이 천근만근을 되었다.

　의료진의 얼굴은 마스크로 인한 상처 때문에 반창고로 뒤덮여 있다. 두꺼운 방역복을 입고 뛰어다니느라 땀범벅이 된 삶의 무게에 곧 내려앉지 않을까 보기가 민망스러웠다.

마스크 구입 장사진이 펼쳐지다

 2020. 2. 25.

　　　　　마스크를 서로 먼저 사겠다고 야단법석
이다. 이번 질환의 대유행은 세계 2차 대전보다도 더 많은 인
류가 희생되고 있어서 지구촌이 공포에 휩싸여 있다.

　차분하기로 유명해서 '벼락(낙뢰)이 떨어지면 주워 먹겠다는
한민족'인데도 마스크를 먼저 구입하고자 장사진을 치고 있다.
국가에서는 주민등록번호(생년) 끝수에 따라 요일제를 실시하고
있다.

쇠뿔을 고치려다가 소 죽이기(矯角殺牛)

2020. 2. 28

모든 국가마다 국경 폐쇄, 지역 봉쇄 등으로 국내외 경제가 올 스톱(all-stop) 상태에 들어가고 있어, 2월 27일에는 여당 모 국회의원마저 "방역과 경제, 두 마리 토기가 다 죽어가고 있다."라고 했다.

우리나라의 경제는 대부분이 대면 거래 경제였다. 그러나 현재 사회적 거리 두기, 자가격리 치료 등으로 인하여 비대면 경제로 급변하고 있어, 긴급 대응을 하지 않으면 다 죽게 된다.

소뿔 고치려다가 쇠죽이기

Feb. 28. 2020

○ 2020.2.27. 김영환(미래통합당), "방역-경제 두마리 토끼가 다 죽어가고 있다."

○ 방역에 치중하다가, 지역 붕괴, 국정 붕괴하고 혹산하다가 대면 경제, 아닌고...하가 붐비고 있다는 세계인의 신음소리가!

○ 이렇게 "소뿔 고치려다가 쇠죽인다(矯角殺牛)"는 어리석음은 범하지 말라고 우려!

방역

경제

베트남에서 창작한 태극기

2020. 2. 28.

코비드19(세계보건기구, COVID19)로 인해 지구촌은 국익 차원에서 국경을 봉쇄하고, 관광객을 입국시키지 않았다.

베트남에서는 우리나라 여객기가 이륙하여 비행하는 도중에 착륙지점 변경 혹은 입국자 특별격리 조치를 단행해서 우리나라 국민들에게 많은 불평을 받았다.

이에 대응해 베트남의 혐한정서가 팽배하여 한국 태극기의 태극을 코로나 바이러스로 디자인하여 국가 방송과 SNS에 내보냈다.

베트남에서 창작한 태극기

5eb 2P. 2020

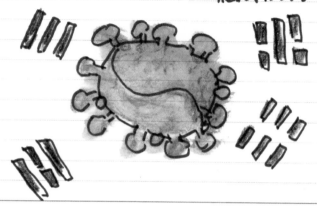

o 베트남 다낭에 우리나라 관광객 20명이
   방역 격리중, 무심한 손덕으로 "빵토각 ~ "에
   현한 심정으로 태극기를 코로나로 창작(?)
   해서 SNS에 올림.

※. 2022. 4. 28. 베트남 Korona Korea를
   보봉해서 염한 코로나 태극기를 방영
   (대만방송사 TVBS, 4.16방송이 4.20 사과)

코로나 바이러스를 이기자!

2020. 3. 1.

우리나라는 K-pop의 나라답게 코로나바이러스 극복을 위해서 모든 사람이 다 함께하자는 노래를 만들어 유명한 대중 가수들이 모두 나와서 한 꼭지씩 부르면서 힘을 보태고 있다.

참으로 우리 민족은 힘든 일에서는 언제나 노래를 불렀다. 「모내기」, 「모심기」, 「논매기」, 「달구노래」 등이 있었다.

바이러스를 이기자!

코로나를 이기자!
대한가수협회
2020.3.1.

♬   바이러스 이기자! ♬

바이러스를 이기자.   다 함께 이기자.
모두가 거리두기   마스크를 쓰세요!
모두 해 내세요!   방역은 철저히
자주자주 손씻기   코로나를 이겨냅시다.
사랑하는 친구들이여
모두가 힘 모아 코로나를 이기자!...♬

코리아가 코로나를 이긴다

　　　　　　일본은 국익 차원에서 대구 출발 항공
기에 내린 한국인을 입국금지 조치를 했으며, 이전엔 2주 격리
제, 발급했던 VISA까지 무효화했다.
　우리나라로 이에 호혜주의에 입각해서 맞대응해야 한다고 여
론이 들끓고 있다.
　국제보건기구에서는 한국의 SNS 및 스마트폰 응용프로그램
을 이용한 역학조사 기법 등을 모델로 소개했다.
　오늘 마스크 5부제의 첫날이다.

코리아가 코로나를 이긴다

March. 2020

Korea wins Corona !

o 일본, 한국인 입국금지,
  이전 2주격리, VISA 무효화에 한국도 맞대응
  해야 한다는 여론이 들끓다.

o WHO에서 한국이 역학조사 주도적 정복국가!
o 마스크 (부제 (지각 첫발이다!

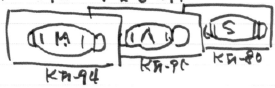

KF94   KF-95   KF-80

지구촌에 핀 코로나 장미꽃밭

2020. 3. 10.

세계보건기구(WHO) 사무처장은 친(親) 중국 인사라는 소문이 헛된 것이 아닌지? 코로나 대유행(pandemic)을 선포함에 중국 눈치를 보다가 3월 10일이 되어서야 비로소 선언했다.

그동안 코로나 질환은 지구촌을 뒤덮었다. 붉은빛으로 얼룩진 모습을 시적으로 표현하면 '지구촌 장미꽃밭(Global Rose Bed)'라고 할 수 있다. 중국 우한에서 기원했다느니, 미국 군인들이 우한에서 체육대회를 하다가 유행시켰다느니 언쟁을 하다가 이렇게까지….

지구촌에 핀 코로나 장미꽃밭 · 47

면봉이 없어서! 지구촌이 야단이다

 2020. 3. 13.

흔히 "신은 디테일 속에 숨어있다(God is ti the details)."라고 한다. 가장 흔한 면봉(면봉)이 없어서 코로나 진단을 못 한다고 지구촌이 아우성이다.

다행히도 우리나라엔 이탈리아의 면봉회사가 특허등록을 하지 않아서 국내외 공급에 아무런 영향을 받지 않는다.

면봉이 없어!

March 13, 2020

ㅇ 세계적으로 진단키트가 품귀현상을 초래해 가장 흔했던 면봉이 이탈리아 등에서 크라우즐을 긇리하라. ▷ 면봉이 없어 진단은 못한다고 아우성이다

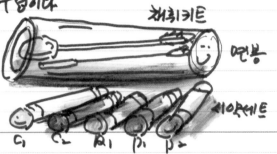

채취키트

면봉

시약세트

ㄷ ㄷ2 ㅁ1 ㅁ1 ㅁ2

진단키트 (채취키트, 시약세트)

발 빠른 진단키트 탄생 비화

2020. 3. 16.

우리나라는 지난 2015년 메르스 사태로 세계로부터 비웃음을 받았고, 현 질병관리본부장 정은경 님께서도 정직이란 징계를 받았다.

지난 1월 20일, 1번 확진자가 발생하자 곧바로 바이러스 채취, 1월 22일 긴급 진단키트 개발 대책회의, 1월 27일 민관 비상회의를 통해 핵심 정보 공유, 긴급 승인계획, 3월 1일까지 골든타임을 설정해 추진했다. 1월 30일에 긴급 승인 제1호, 2월 14일 제2호, 3월 15일에 5개사에서 27개 회사로 승인했다.

진단키트 탄생 비화

March. 10, 2020

Test kit

- Jan 20, 2020 1번 확진자 발생 ▷ 바이러스 채취 분석
- 1/27, 긴급진단키트 개발 대행화의
- 1/27, 민관비상회의 ① 확산전망 공유 ② 긴급승인 계획 ③ 3.1까지 긴급배심
- 1/30, 솔젠트(주) 시제품 CDC 승인요청
- 2/4, 긴급승인 No.1 ▷ 2/14 No.2, 3/15 2회개서 ▷ 현재 2개사 승인

채취키트   시약키트

자가진단

세계 각국 코로나 극복 사례

2020. 3. 29.

　　　　　　세계 각국은 자신의 국익을 위해서 평소에 말했던 우방도, 동맹도 없다. 미국 우선(America first)으로 보호경제 강화, 독일과 독점거래 계약으로 갈등 등이 심각해지고 있다.

　이에 반해 중국 시진핑은 국제 리더십 보여주기 기회로 미국 트럼프와 다른 리더십, 해외 지원, 기술 지원 등으로 코로나 중국 기원설을 받아치고 있다.

　이탈리아에서는 "집에 머물러라, 아니면 관 속에 머물러라(Stay home, or stay in this coffin)!"라는 슬로건으로 자가격리를 독려하고 있다.

세계각국 코로나 극복사례

Mar 29. 2020

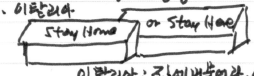

· 미국 트럼프, 미국우선정책(America
First)로 보호경제 강화, 독일과
추정거래계약 갈등
· 영국 보이슨 총리, 확진자 자가격리

Donald Trump

· 중국 시진핑주석 국제리더십 보여주기 기회로 ① 트럼프와
다른 리더십, ② 해외지원, 기술지원, ③ 코로나 중국
가해선 벗어나기 After U.S.A (확진자수 미국 >
중국)

· 한국 : 접속추적조사, 진단키트개발, 면역앱 개발,
Drive-Through 개발 등

· 이탈리아

Stay Home   or Stay Here!

이탈리아 : 집에 머물어라. 아니면 관속데!

Home-Stay Life!
집콕 생활!

코로나로 민주주의 기본, 선거까지 연기?

2020. 4. 11.

　　　　　　코로나 대유행으로 민주주의의 대명사
인 미국, 프랑스 등에 선거를 연기하거나 취소하기도 한다. 프
랑스는 3월 15일 제1차 투표를 했으나 경선은 6월 21일로 연기
했다. 미국도 4월 7일 대선후보자 선출 예비선거 연기했고, 알
래스카 4월 4일 선거는 4월 1일에 취소했다.

　그러나 우리나라는 연기하지 않고 전 국민을 간이진단할 수
있는 절호의 기회라며, 체온체크 등을 추진하고 있다.

코로나로 선거까지 연기?

April 11, 2020

지구촌에서 코로나 대유행으로 확산을
우려해서 선거를 연기한다
- 프랑스 3.15 1차 투표가 있었으나 결선
투표는 6개月까지 연기
- 미국도 4.7. 대선후보자 선출예비선거를 연기
- 알레스카에선 4.4로 연기했다가 4.10엔
취소했다

그런데, 한국은 겁 없이 그대로 추진
한다는데
- 정은경 질병관리본부장은 체온체크,
비닐장갑끼고, 나회적 거리두면서 진행
- 이 때가 전국민 간이진단하는 좋은 기회
라나 발상부터 다르다.   전국민 검진

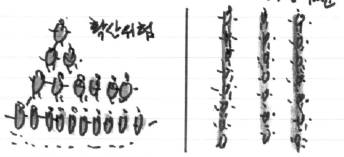

확산위험

지구촌 방역 모형도

2020. 4. 15.

　　　　　세계의 방역체계를 크게 분류하면 통제형, 추적형 및 방관형이 있다. 통제형은 대부분 공산국가와 의료시설이 빈약한 후진국에서 이루어지고 있다. 강력하게 국경을 폐쇄하고, 지역을 봉쇄하는 등 초강력한 방법을 사용한다. 통제형은 방역을 살린다고 해도 경제를 죽인다는 리스크(risk)가 있다.

　우리나라는 경제를 살리고자 통제형이 아닌 추적형을 선택했다. 대규모 테스트(진단), 추적 관리, 사회적 거리 두기, 생활치료센터, 선별진료센터 등으로 경제까지 살리는 방법을 사용하고 있다.

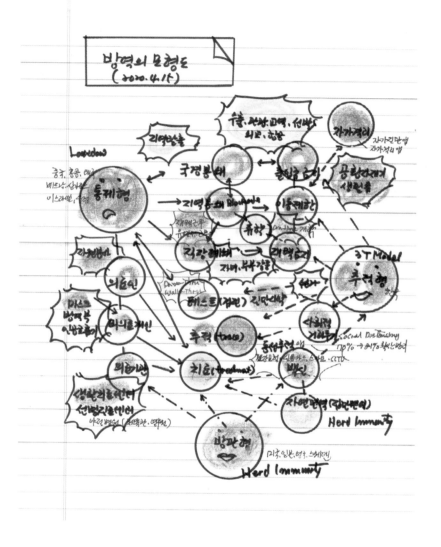

역병 대유행은 새로운 세상을 개벽!

 2020. 4. 24.

몽고의 풍토병이었던 흑사병은 중세기 유럽을 휩쓸었는데, 300년 동안 10년을 주기로 3차례 대유행을 하여 유럽 인구의 3분의 1이나 죽었다. 결과는 신(종교) 중심에서 인간(인본)주의 르네상스를 초래하였다. 아이삭 뉴턴은 1665년 런던 흑사병으로 케임브리지대학 휴학 후 고향에서 쉬면서 사과나무에 열매가 떨어지는 걸 보고 만유인력을 발견함으로 물리학의 기초를 다졌다.

우리나라도 흑사병 극복으로 단군 왕조가 시작되었다. 호랑이와 곰 신화는 흑사병 극복 사례였다.

역병 대유행은 새로운 세상을!

제시 24, 2020

o 몽고 풍토병 흑사병(Pest)가 300년간
  유럽에 유행하더니:
  - 하느님(天)의 심판이 신간은 듣지 않았고
  - 1665년 런던 흑사병 대유행, 캄브리지 대학
    패쇄, 아이작 뉴턴(I. Newton)이 귀향,
    사과나무 밑에서 사색중 만유인력을 발견
  - 당겨로 사회적 거리두기(Social Distancing)을!

o 단군신화도 흑사병으로 중국에 격리
  - 붉고 검은 반점이 엄습해서 호랑이
  - 검정색으로 리부번신 환자 곰
  - 마늘은 항생제, 쑥훈증은 소독제로

  흑사병 극복에서 고조선이 개벽하였음

일본이 한국을 이기고 얻는 영광(상처)

2020. 4. 25.

일본 코로나 방역의 기본 정책은 한국과 비교해서 앞선다는 국가 홍보를 최우선으로 추진하고 있는 모양이다.

현재 시점에서 일본이 한국을 이기고 얻은 영광(상처)이라며 보도한 일본 언론을 간추려보면, i) 일본 여고생들이 방역으로 알바를 못하자 원조교제를 하는 바람에 미혼모 30~50%와 매독 환자가 30%나 증가, ii) 기성세대의 이혼이 50~60%나 증가, iii) 한국으로 피신 관광이 50%나 늘어났다. iv) 가장 증가한 건 혐한감정인데, 한국 때리기(Korea Bashing)는 오히려 감소했다.

일본이 한국을 이기고 얻은 영광
(코로나19 극복과정에서)

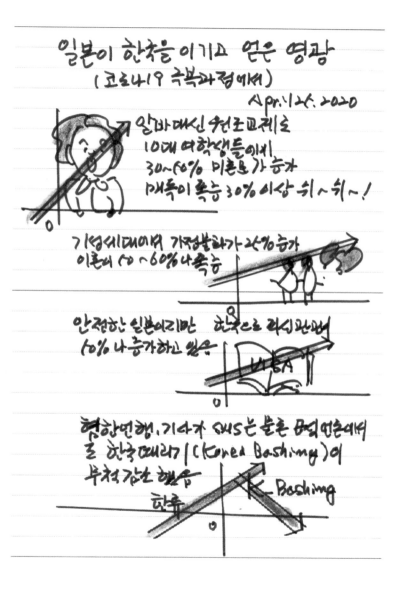

April 25. 2020

알바대신 취업교재로
10대 여학생들에게
30~60% 미흡도 가능
매독이 폭증 30% 이상 쉬~쉬~!

기성세대에서 가정불화가 25% 증가
이혼이 50~60%나 폭증

안전한 일본이라며 한국으로 라인관광
60%나 증가하고 있음

혐한만행. 기타가 SNS는 물론 모든 언론에서
를 한국때리기 (Korea Bashing)이
무척강한 행동
한류   K-Bashing

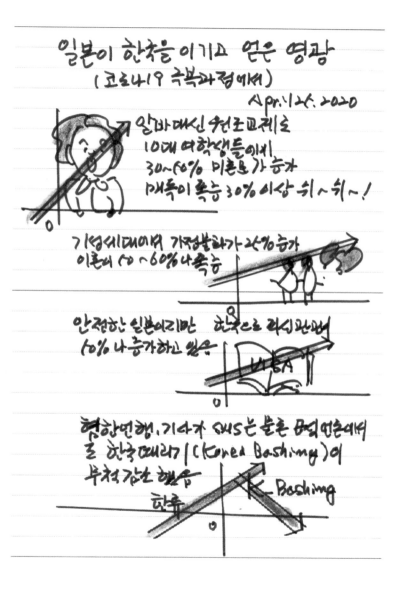

일본의 가정폭력 예방지침

 2020. 5. 1.

　　　　　　사회적 거리 두기(social sustancing), 자가격리(self quarantine) 등으로 직장 생활을 하던 남편들이 집에 머무는 시간이 늘어나자 아내와 아이들의 가정 질서가 파괴되고 있다. 따라서 코로나 이혼, 가정폭력사건이 빈발하고 있다. 일본에서는 지역마다 50%에서 300%까지 폭증하자 가정폭력 예방지침을 발표했다.

　1. 스스로를 칭찬한다.

　2. 집 안 공기를 환기시킨다.

　3. 잠을 편하게, 충분히 잔다.

　4. 좁은 가정에 갇혀있지만, 몸을 움직인다.

　5. 잘했다고 생각되는 걸 목록으로 적어본다.

　6. 뉴스나 영상 보기를 자제한다.

　7. 심각하면 의료상담을 받고, 나도 환자가 될 수 있다고 생각하자.

가정폭력 예방지침
(일본 · 전문가의 얘기)
May 1, 2020

1. 자기 칭찬하기
2. 공기환기 시키기
3. 잠을 자라.
4. 몸을 움직여라
5. 잘 한 것을 적어보라.
6. 뉴스나 영상을 자제
7. 비포상담 받기
8. 나도 환자라고 생각

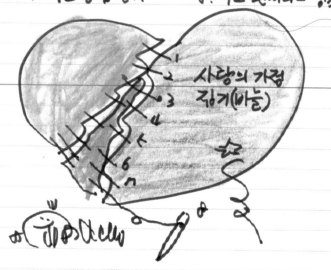

사랑의 가정
징기(바늘)

'덕분(Thank-U)에' 운동

2020. 5. 13.

　　지난 4월 16일 중앙재난안전대책본부에서 제안하여 시작했던 '덕분에' 운동이 화제다. 이는 코로나 극복에 자신을 희생하는 모든 의료진, 자원봉사자 그리고 모든 국민들에게 서로 감사와 존경을 표현하는 캠페인이다.

　전 세계적으로 언론을 타고 방영되었고, 일부 국가에서는 벤치마킹까지 했다. 우리나라에서 SNS를 통해서 챌린지 릴레이를 전개했다.

"덕분(Thank-You)"운동

May 13, 2020

당신 덕분 (감사합니다)

수화(finger language)로 "존경합니다(respect
you)"를 덕분에 운동을 전개하며 의료진과
지원 봉사자에게 감사를 표현
2020. 4. 16. 중앙재난 안전대책본부에서 시작
국민참여 의료진 응원 캠페인 ▷ 챌린저 전개

#thanks challenge

코로나, 글로벌 지도자를 미치게 한다

2020. 5. 15.

　　　　　　선진국이라고 거들먹거렸던 글로벌 지도자는 갑자기 닥친 질환 대유행으로 무더기 확진자가 연일 수만 명씩 쏟아지자 후진국이라고 업신여겼던 주변 국가의 따가운 눈초리를 받고 있다.

　미국 트럼프, 일본 아베, 중국 시진핑의 비정상적인 언행은 "평상시 감기 정도다", "통제 불능이다", "치료 약 대박을 꿈꾼다." 등이 있다.

　언론은 연일 한국과 비교한다. 아비간 대박, 도쿄 하계올림픽 대박 등으로 한국 능가를 외쳤던 일본 아베는 스가 총리에게 자리를 내주었다(스가 총리도 1년을 못 채우고, 다시 기시다에게 정권을 넘겼다).

코로나 글로벌지도자를 미치게 한다.
May 15. 2020

○ 선진국이라고 거만을 피우던 국가지도자는
  갑자기 닥친 대진한에 우더기 확진자이다가
  수만명의 사망자가 속출하자, G3 지도라

○ 트럼프, 아베, 시진핑은 비정상적인 언행여!
  트럼프는 1) 평상시 감기라고 하다, 2) 통제 불능,
  3) 치료약 대박을 하라고 왔다. 4) 언론에서 연일
  한국과 비교하니, 라큰심이 상했다.

○ 아베도 동병이주다. 한국 7.4 경제보복 효응,
  한중국의 코로나 재발·확산, 아비간 대박,
  늘렁력 대응으로, 경제회복의 아베노믹스, 북한
  국부·데탕션이다.

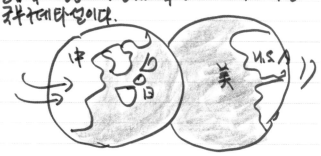

마스크 효과를 실증하는 좋은 기회

 2020. 5. 18.

코로나 초창기엔 선진국에서는 마스크의 효과를 불신하고, 국제보건기구(WHO)마저도 권장하지 않았다. 우리나라는 지난 2009년 신종플루에서 비약제적 방역으로 마스크 효과를 28% 이상으로 파악하고, 마스크 쓰기 운동을 전개했다.

코로나 초창기에도 관련 학회에선 86%로 발표했음에도 국제보건기구는 나중에서야 권장했다. 우리나라는 평상시 중국 매연과 미세먼지로 인하여 세계 유일하게 마스크 품질관리(F80, F-90, F-94)를 해왔다. 따라서 이외의 행운을 만났다고 할 수 있다.

May 18. 2020

코로나19로 마스크의 효과를 실증하는 좋은 기회

o 〈사용효과(방역)〉

대인반경	사회적거리	기침등	재채기 비말
1m	2m	6m	8m

o 개인 사용시

대화시	큰소리대화	마스크 쓰고대화
2m	300~1000비말	0

o C19초창기 마스크효과 부심
  학회에서 96.6% 공식효과, 미국. WHO 미진

우리나라는 영호예 머레먼지 방진 용으로 KF80,
KF94 ~ KF95 등 품질관리한 유실한 축기.

"귀신 씨나락 까먹는 소리"가 진동

 2020. 5. 22.

　　　　　중세기 흑사병 시대엔 마녀사냥이 유행했다. 이번 코로나 시대에도 영국에서는 해리 포터 마법사의 나라답게, 5G 송신탑 전파로 정신이 빼앗긴다고 방화하는 바람에 사고가 터졌다.

　중국과 미국에서도 5G 통신으로 코로나가 확산된다고 한다.

　일부에서는 우리나라의 코로나 추적을 두고 독재자 '빅 브라더(Big Brother)'를 탄생시킨다고 야단이다.

"귀신 씨나락 까먹는 소리"가 진동

May 22. 2020

- 영국은 헤리포터의 마법사 이야기처럼,
  아니, 마치 마녀사냥 중에다.
  - G5 통신탑에서 전파도 전산을 빼앗아
    갔다고 방화사건이 터졌다.
  - 2천 ~ 5천가지 이런 음모론이 유행
- 중국과 미국에서도 5세대 통신(G5)이 C19을
  확산시킨다고 한다.
- 우리나라 코로나19 추적에 대해서
  - 개인정보를 빼내서 빅브라더(Big Brother)가
    탄생한다. 독재 통제가 된다.
  - 담배 피우기가 확반 220만 명까리 확산

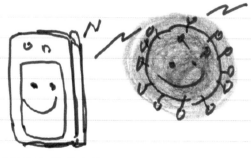

코로나의 경제적 변혁

 2020. 5. 30.

　　　　　　자가격리, 지역 봉쇄, 이동 제한 혹은
국경 봉쇄 등으로 인적 이동 혹은 물류마저 통제받으니 관광
서비스업종은 완전 폐업 상태, 제조업마저도 75.3%까지 평균
가동률이 떨어졌다.

　이에 따라 국가는 수출 부진, 재해(이재)민 보상 등으로 국가
부채가 10~30% 증가되고 있다.

　전반적으로 얼굴을 보고 거래하던 대면 경제(face economy)
가 배달, 재택근무 혹은 홈쇼핑(Home shipping) 등 비대면 경제
(non-face economy)로 변혁되었다.

코로나의 경제적 변혁

May 30. 2020

○ 제조업 공장가동률 70% 이하 → 결석(미국),
해외인력(국경봉쇄), 지역봉쇄(이동제한)

11.3%

00.7%   14.3%

0   (통계청)   ○ 68.6%

○ 국가부채증가 : 수출부진, 재해(미래)민 보상.

○ 경제 양상변화

대면 경제	비대면 경제
○ 제조업, 사무실근무	○ 배달, 원격(재택)근무
○ 마트구매	○ Home shopping

○ 국경봉쇄로 인해

근로인구 이동제한	국제교역중단	리쇼어링
○ 비정규직근로자	EU 교역중단	자국으로 복귀
○ 베트남, 중국 기업체 노동력 제한	공급체제 붕괴 물류 지속	

-※ Reshoring : 외국에 나갔던 기업이 귀환, 베트남에 갔던 삼성전자가 구미로 생산거지 전환

아날로그 환경의 위기

 2020. 6. 2.

　　　　　코로나19로 인하여 과거 아날로그 환경 속에서 업무처리는 속도전을 요구하는 질환 대유행 시대에서 뒤지고 있다. 변이 바이러스의 추적 관리, 질환 재난지원금의 신속 배부로 지역 경제의 피해 최소화, 확대 재생산을 방어하는 방역을 위해서 디지털 시대로 급변하고 있다.

　일본은 바이러스 팬데믹(virus pandemic)에서 아날로그 환경으로 헤매고 있다.

아날로그 환경의 위기 (日本について)

○ 코로나19가 아날로그시대에서 디지털시대로
급변시키고 있어 : 1) 추적관리, 2) 래해지
원격수업, 3) 진단과 방역전반의 리얼초래

경		재		란
사랑	부랑	파랑	계장	담당라
○	○	○	○	○

가늘지: 사장을 향한 경의 표서

○ 방역기술에서

인공지능 진단	자가검진	추적 앱	방역 앱

○ 근무형태에서

사무실 대면근무	원격근무	재택근무
○	○	○

Jun. 2. 2020

코로나19, 재생산지수?

2020. 6. 4.

　　　　　　코로나바이러스가 초창기인 2~3월 신천지교회 확산 땐 재생산지수가 5.0이었다.

　그다음으로 이태원 확산 때는 0.2~0.6, 최근 인천 집단 확산에 1.2 정도라고 질병관리청에서 발표했다.

코로나19, 재생산지수?

Jun 4. 2020

- 2~3월 신천지 교회의 경우 ~.0
- 이태원 확산세 0.2~0.6
- 최근 인천집단 확산에 1.2라스
- 질병관리청의 재생지수 통계는:

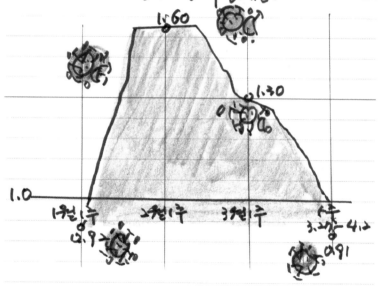

코로나 검사법 폴링기법

2020. 6. 5.

　　　　　코로나 검사법으로 간이진단, 정밀진단 (항원, 항체) 혹은 PCR 검사법이 있는데 PCR 검사는 검체 − 배양 − 진단 과정을 거친다.

　이런 진단 과정에 시간 단축을 위해 5~10인분의 배양된 검체를 한꺼번에 검사하고, 양성반응이 있는 그룹만 다시 하나하나 진단한다.

　이렇게 한꺼번에 5배 이상 빨리 검사하는 방법을 폴링기법 (Polling Skill)이라고 한다.

코로나 검사법 폴링기법

Jun 6. 2020

코로나19 검사에 원어 하나 하나 검사하려
않고 1~10명을 한거번에 검사해서 i)
양성반응이 없으면 무더기 처리하고, ii)
1명이라도 나오면 그집단만 1개씩 검사하면
5배이상신속해짐

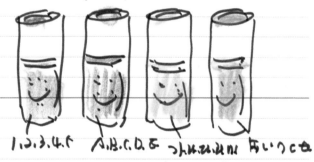

1.2.3.4.5   A.B.C.D.E   가나다라마 ㅜㅣㄱㄷㄹ

Polling Test

Self Test or Home Test Kit

아저은 간이(자가) 검사키트를 통제하고
PCR검사만 인정하고 있다.

대구시 공무원이 눈먼 돈이라고!

 2020. 6. 11.

　　　　　지난 1월 19일, 31번 확진자로 인해서 5,214명의 확진자까지 확산시킨 신천지교회 진원으로 대구 지역에 한정해서 특별재난구역으로 지정하고, 재난지원금을 대구에 배정해서 피해자에게 지원했다.

　이때 대구시 공무원들이 눈먼 돈이라고 신청해서 문제시되었는데, 대구시 부시장은 특별법 관계라서 처벌할 수 없다고 했다.

대구시 공무원이 눈먼 돈이라고!

Jun 11. 2020

○ 제1차 확산의 불쏘시개
2020.1.19 31번 확진자를
인해서 6.2내명의 확진자들
확산시켜 대구 남구 대명동
신천지 교회가 불쏘시개가
됨. 세계1위로 급속하게
전염이 돌파 성공

○ 대구 천명진 시장은 3.28시민운동을 전개, 코로나
19무렴을 만들어 진렬시. 재난지역 지침에 따라
특기지원이 되었고, 특별재난지역 피해주민 1인당
40∽60만원 지원하기로 함.

○ 공무원 (대전)들이 눈먼 돈이라서 신청해서 받아
먹는다고 지방언론에 게재, 이능효 부시장이
신문기자에게 "특별형법반제라서 처벌불가."

코로나, 감치를 벌해라!

코로나 자감위

대환란 속 8월의 의미

2020. 8. 8.

　　　　　코로나19, 대환란의 긴 터널을 지나고 있다. 8월이 주는 의미는 아라비아숫자 8월을 절반으로 자른 다면, '8÷2 = ?'. 바로 바이러스를 두 동강 낸다면 하는 의미다. 다양한 모양으로 나올 것이다. 그러나 헛 칼질을 해서 쓰러뜨리면 무한대 ∞가 된다.

　정확하게 허리를 두 동강 낸다면 ○○이 될 것이다. 잘못하면 33이 될 수도 있다. 때로는 61, 19 등으로도 나타날 수 있다.

대환란 속 8월의 의미

Aug 8. 2020

○ 8월이란? 코로나19가 8월에
모두 2개로 동강을 내고 있다.
8=2ㄷ=? i) 칼로 자른다고 생각하면
○○, ㅌㅋ, ㅋㅌ, … 등으로 다양한 것이나
ii) 헛갈칠(실패)하면 ○○ 모양으로 쓰여
지면 무한대다. 코로나19로 실패하면
1~2면에 날개리 삼고 풍토병, 계절병으로
엔데믹(Endemic) 할 것이다."

Ha~ Ha~ WHO~
: ∞
헤쳐 모여!

같이 노 저어 나갑시다!

2020. 8. 9.

　　　　　가정도 위기가 닥치면 속칭 콩가루 집안이 된다. 국가는 물론이고, 지구촌 곳곳에 다양한 분열의 모습이 보인다. 미국 전염병연구소장 앤소니 파우치 소장이 "같이 노 저어 나갑시다(Row Together)."로 질병 극복을 외치고 있다.

　미국 트럼프 대통령은 대선 지지율을 올리고자 어깃장을 놓는다. 마스크를 쓰지 맙시다. 하루 수만 명이 죽어 나가는데도 한국보다 우수한 방역이라고 한다. 백신이 곧 나온다고 게임 체인저(game changer)가 된다고 야단이다. 일본 아베도 "망둥이가 뛴다고 꼴뚜기도 뛴다."라는 모습이다.

같이 노 저어나갑시다
(Row Together)

Aug 9. 2020

Anthony panch

o 미국 전염병 연구노랑 앤노니 파우치 노랑은, "같이 노 저어 나갑시다(Row together)"를 외치면서 질병극복을 외치고 있는데

o 미국 대통령 D.트럼프(Donald Trump)는 대선라리음을 드러내고

— 마스크를 쓰지 맙니다.
— 미국 방역이 한국보다 우수하다.
— 백신이 곧 나온다. 백신이 게임체이저 (Game Changer) 가 될 것이다. 고

o 아베 일본총리는 전국민에게 마스크 제공 캠페에 1) 마스크 제작을 베르남게 외희라고 접치인 연뉴, ii) 작고 안 좋은 냄대 등으 '아베코맨드'라고 비아냥을, iii) 창고에 넣고 보관중이라는 등

o 세계 선진국 지로라가 정신이 나갔다 !

질병 환란이 절호의 찬스라니!

2020. 8. 24.

　　　　코로나19 대유행이란 취약기를 절호의 기회로 역이용하는 정치, 경제, 종교 및 국제기관이 있다.

　취약기를 절호의 기회로 역이용하는 방법은 매점매석, 국가 정책 발목잡기, 대규모 집회, 대면 종교 행사···. 이런 행사로 대확산의 빌미가 되어 누군가는 죽어도 된다는 논리인지?

질병환란이 절호찬스라니!

Aug 24. 2020

○ 코로나19 전세계 대유행으로 국내 정치가
  이웃에 집중, 취약지기를 이용하라니

  ― 정치세력 : 야당이서 종교세력과 유사단체
  ― 이익단체 : 의사협회. 민주노총인 이때다!
  ― 종교세력 : 질병의치리의회. 사랑제일교회 대변
          기도회. 구국선교대회
  ― 국제이면 : 탈북자 단체, NO Japan 반대단위

○ 절호기회(찬스)로 몇 차에나 대확산이
  필요한가? 누가 죽어도 된다는 말이냐?

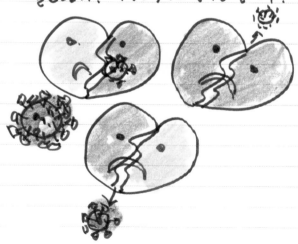

코로나19의 후유증

2020. 8. 25.

국내외 전문가의 발표를 종합하면 코로나19를 앓았던 사람의 70%가량은 후유증을 가지는데, 후유증으로는 머리가 멍텅함(brain fog), 피부가 갈색으로 변함, 근육통(혹은 두통, 심장통) 등이 있다. 그리고 미각(후각, 취각)을 상실하며, 스트레스 혹은 과민증상을 갖는다.

이런 증상으로 영어 약자로 B1H2S2 현상이라고 한다. HBS 하버드비즈니스스쿨(Harvard Business School)을 의미한다면 다행이지만, 실상은 영업 최저 침체기(Business Hyper Stagflation)로 몰아가고 있다.

코로나19의 휴유증

Aug 21. 2020

○ 70% 가량이 휴유증은 가짐
○ 언론에 나온 증상든:
　 i) 머리가 멍멍함 (brain fog)
　 ii) 피부 갈색으로 변함 (Skin discoloration)
　 iii) 근육 (두통, 복통, 심장통) 총증 (Headache,
　　　 Heart pain, Stomach ache)
　 iv) 미각·후각·촉각 상실 (Sensory deprivation)
　 v) 기타 이상증 (스트레스, 과민증상)

○ 우리나라에선 "B, H₂S₂" 연상

B_1 : Brain fog

H_2 : Headache & Heart pain

S_2 : Stomach Ache & Skin discoloration

인포데믹으로 팬데믹을 자초

인포데믹(infordemic)이란 가짜 정보 혹은 정치적 이용을 위한 혼선 정보 등을 제공함으로써 정보의 대유행으로 빚어지는 대혼선을 말한다.

국가지도자 혹은 지역 지도자들이 자신의 편익을 위하여 가짜 정보 등을 제공하여 질환 대유행을 자초하고 있다.

인포데믹으로 팬데믹 자초

Aug 29. 2020

O 인포데믹(infordemic): C19에 대한 i) 가짜뉴스,
 ii) 정치인의 정치적 이용으로 혼선으로 확산

- 우리나라: 사랑제일교회, 신천지교회, 레3카 확산
- 미국: 트럼프 대통령의 소독약 마시기
- 인도: 이산화탄소(염소) 마시기
- 일본: 오사카시장의 가글하기
- EU, WHO: 마스크 효과 없다

코로나 마귀야!
물러가라! 하느님 이름으로...
아멘!

fake mask

시메 Mork   NO Mask

대구시민의 마스크 쓰기 실태

2020. 8. 30.

　　　　　대구시민의 다양성은 코로나19 대유행에서도 마스크 쓰기 모습을 보면 다양하다. 2~3월에 세계적으로 대유행을 겪어서 그런지, 아니면 지역 정서가 용해된 것인지는 모르지만 대구백화점 앞에서 8개 모양으로 분류해서 바를 정(正) 자로 실태를 조사해 봤다.

　8개 모양은 정부가 권장하는 정은경 마스크 쓰기, 사랑교회 마스크, 입마개 마스크, 김문수 마스크, 트럼프 마스크. 목걸이 마스크, 아베 마스크, 그리고 팔꿈치 마스크가 있었다.

Aug 30. 2000

대구시민의 마스크 쓰기 실태

명칭 : ① 정은경마스크   ② 사랑의회 마스크
   ③ 입마스크   ④ 김문수마스크
   ⑤ 트럼프마스크   ⑥ 복권이마스크
   ⑦ 아베마스크   ⑧ 광꼼치 마스크

대구시민의 마스크 착용 실태
③ > ② > ④ > ⑥ > ⑦ > ① > ⑧

※ 정은경 : 질병관리본부(청)장, 올바른착용
 김문수 : 대구출신 정치인(경기지사출신)
 트럼프 : 미국대통령, 아베 : 일본총리

집콕 생활, 단풍으로 불타는 팔공산

2020. 11. 15.

　　　　　집 안에 콕! 처박혀 지내는 날이 많아 그렇게 지내다가 보니, 특히 '가을이 다 지나가고 있는데.' 하는 생각을 하니 더욱 답답함을 느낀다.

　오늘은 스케치북을 무릎에 올려놓고 머릿속에서 기억하고 있는 팔공산의 불타는 단풍 길을 그려봤다. 세르반테스가 『돈키호테』를, 만델라가 『자유를 향한 머나먼 길』을 그리고 박근혜 전 대통령이 『그리움은 아무에게나 생기지 않습니다』를 교도소에서 썼듯이….

"Go to Travel"이란 관광진흥책

 2020. 11. 23.

　　　　　일본에서는 팬데믹(Corona Pandemic) 속에서도 지역관광산업을 진흥시키고자 'Go to Travel'이라는 국책사업으로 세계 이목을 집중시켰다. 결과는 매일 300명의 확진자를 3,000명으로 확산시키는 계기가 되었다고 평가하고 있다.

　　일본 국민의 25%만이 여권을 소지하고, 14.4% 정도만 해외여행 경험이 있다. 우리나라는 2019년 한국경제보복규제에 맞대응으로 'No Japan 운동'을 전개했으며, 일본 여행을 가는 한국인이 99%나 격감했다.

Japan's go to travel Campaign

※ 결과 : 300명 o3.000명/일 락진자, 소음과 쓰레기
    주범가 한국·중국인관광객 O 일본인으로 판명

※ 일본인의 관광 수준 (주간 겐다이, 2020.11.20)
  O 2%% 여천느끼, 14.4% 만 해외여행
  O 정부 40%라얼, 해외여행 미경험가 국내여행

※ 관광불편 현상
  O 호텔 : 물건 도난신고속출, 여권원 실리음, 마스크
     벗고 직원 꾸짖기, 고성방가, 미니바사용 미
     신고 … 등
  O 거리추태 : 고성방가. 방뇨. 쓰레기 버리.
     소음쉬각 (overtourism)

  2020년 현재 한국·중국 관광객 99% 격감으로
  일본인의 추태로 자명
                    NOV.23.2020

꼼지락대다가 27만 명이 죽었다

2020. 12. 2.

　　　　　　　백신 발명으로 한 방에 끝내겠다고 호언장담을 했던 트럼프 대통령의 말과는 딴판이다. 미국에선 주요한 정치인 집 앞에 시신 가방(body bag)을 배달해서 항의하는 꼴불견이 연출되고 있다.

　대표적으로 공화당 상원의원 미치 매코널, 린지 그레이엄, 제임스 인호프 및 스잔 콜린스 의원 등의 집 앞에 항의의 의미로 시신 가방(body bag)이 놓였다. 꼼지락대다가 시민 27만 명이 죽었다.

꼼지락대 2기만 죽었다.

Dec. 2. 2020 중앙일보

○ 쿠오 미국 하원 공화당 상원의원 집앞 시신가방
(Body Bag) 10 여개씩 배달. 항의 표시.
ㅁ 미치 매코넬 의원, 린지 그레이엄 로나
위원회(백수). 레섬스 인호프, 수잔 콜린스 등

Name 개
명찰

Snuw
you!...

상원의원 댁에 배달된
시신가방 (Body Bag)

평온을 되찾아 가다

 2021. 1. 1.

코로나19 질환 대유행도 1년이 가까워
지자 사람들의 바람이 i) '이제는 공포의 코로나에서 벗어나겠
지' ii) 아니면 '이제는 답답함과 불편함에 익숙해지겠지'라는 2
가지로 갈라지고 있다.

오늘은 새해 첫날이다. 집콕에서 오는 모든 공포, 답답함 그
리고 불편함을 떨쳐버리자는 마음으로 2·28 중앙공원에 찾아
가서 그림엽서에 소망을 담아서 메모했다.

우리가 함께 이야기
봄꽃처럼 세상으로 ... ... 흩날리다!

The story we shared together
is scattering everywhere, like spring flowers.

평온을 되찾아 가다! Jun 1. 2021 ◯◯다니엘

코로나19 공포에서 벗어났는지, 아니면 익숙해
졌는 모양이다.

예방접종(백신) 주사기

2021. 2. 9.

백신만 발명되면 주사 코로나19 바이러스를 한 방에 끝낼 수 있는 게임 체인저(game changer)가 될 것이라고 호언장담했던 사람들은 백신이 접종되기 시작하자 입을 닫고 있다.

그런데 백신 1병으로 10명분이지만 최소 잔여형(LDS) 주사기로 12명까지 접종할 수 있다고. 한국 중소기업 풍림 파마텍에 주문이 쇄도하고 있다.

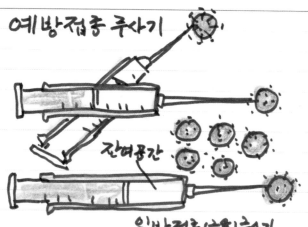

예방접종 주사기

잔여공간

일반접종(손실)주사기

LDS특수주사기(COVID-19)

(Low Dead Space : LDS)

○ "LDS주사기" 못 구한 日, 화이자 접종
횟수 20% 날렸다(조선일보, 2021●.2.10)

○ 20개국에서 러브콜 몰려 화이팅 "LDS
주사기" (바이오타임즈, 2021. 2.9)♡

어느 전원 카페에서 차 한 잔을!

2021. 6. 16.

　　　　　　평소에 가까이 대화를 하였던 직장 동료이며, 퇴직 생활까지 동병상련의 코로나19 팬데믹을 겪고 있는 친구에게 전화를 했다.

　오늘은 자동차 발통이 굴러가는 대로 가자, 배가 고프면 밥 사 먹고 목마르면 차 한잔 마시자고 스마트폰으로 메시지를 보냈다.

　대구에서 팔조령 헐티고개를 넘어서 청도군 각북면으로 지나서 골짜기에 있는 시골 카페에 자동차를 세웠다. 찻잔에 대자연을 담아서 홀짝거리면서 마신다.

Jun. 16. 2011
어느 시골카페에서
조용히 대화하다.

독도 상공 선회하는 이벤트까지

2021. 7. 21.

지구촌에선 전염 혹은 확산의 기회를 틀어막고자 국경 봉쇄(closing the border)를 실시하자 해외여행은 전면적으로 금지되었다. 해외여행을 못 해 답답해하는 관광객을 대상으로 관광 명소지의 상공을 선회하는 무착륙 해외여행(Non-Landing Trour)이 유행했다. 대표적 사례론 일본에는 한국 무착륙 여행과 도한(渡韓) 호텔 숙박까지 불티나게 팔렸다.

경상북도에서는 이런 세계적 추세를 이용해서 독도 상공선회 캠페인을 통해서 독도 알리기 이벤트를 마련했다.

가 울음 하나,
허공에 매달아 놓고 갔는가.

Who left the crying,
hanging in the air?

대구 시민의 정신, 달구벌대종

동경올림픽의 욱일기 매스게임

2021. 7. 23.

지난 2019년 경제 보복의 앙금이 코로나19로 인해서 더욱 노골적으로, 사사건건이 정면대결 양상을 보여주고 있다.

특히, 일본은 2011년 후쿠시마 원자력발전소 폭발사건에서 완전히 벗어나고 일본 부흥을 지구촌에 알리는 도쿄올림픽을 기획했으나 뜻대로 되지 않았다.

황국신민의 사상에서 갖고 놀 수 있는 한국을 노리개(playing thing)로 활용했다. 평소 독도 문제 제기와 도쿄올림픽에서 욱일기 매스게임이 사례다.

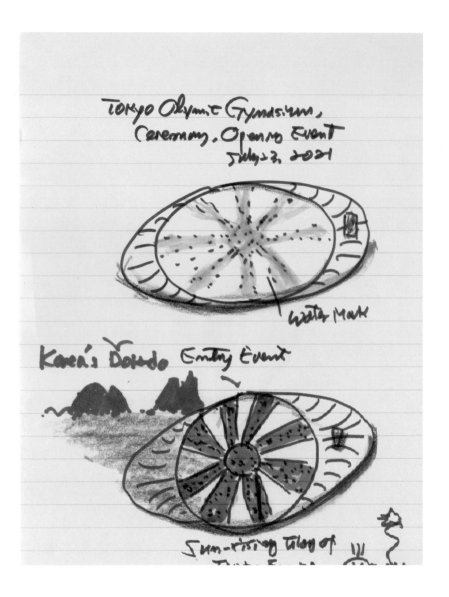

대프리카 수성못에다가 근심 씻기

2021. 8. 9. 12:55

　　　　　　대구 더위를 '대프리카(Daefrica)'라고 한
다. '대구 아프리카'라는 의미인데, 대구 가톨릭대학에서 유학
한 한 케냐 학생이 대구의 무더위를 언급하면서 "대구 더워요,
아프리카보다도 더 무더워요."라고 한 방송 이후로 대프리카
(Daefrica)가 자리 잡았다.

　대프리카를 극복하는 나의 비결은 치맥축제에서 맥주를
마시고, 수성못에서 오리 배를 타고 근심까지 씻어버리는 것
이다.

JP 모건의 한국 코로나 예측

2021. 8. 10.

　　　　인구는 기하급수로 식량은 산술급수
증가하기에 인구 폭발로 재난과 전쟁이 필연적으로 발생한다니
지구상의 제한된 자원으로 60억 명의 인구를 먹여 살리기에는
태부족이기에 종말이 있다는 맬더스의 인구론, 로마클럽의 인
류종말론은 현시점에서 보기 좋게 빗나갔다.

　2020년 1월 말에 JP Morgan사에 통계를 이용해서 한국 코
로나를 예측했다. 3월 20일경에 대유행의 정점으로 5월 20일
이후에는 소멸단계에 들어간다고 예측했다.

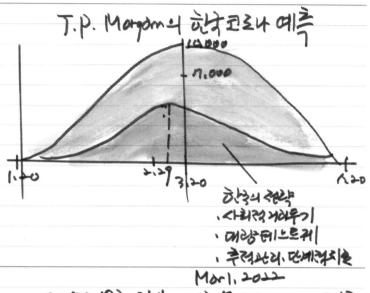

T.P. Morgan의 한국 코로나 예측

1,000

7,000

1.20 2.29 3.20 5.20

한국의 전략
· 사회적 거리두기
· 대량테스트하기
· 추적관리·단계적치료

Mar 1, 2022

○ COVID-19로 일상이 멈춰섰다 (2020. 2. 18이후 대구시). 신천지 교인에게 폭발적으로 증흥했다.

○ 성경에 전염병 대유행을 극복하려면
   ① 흘에숨기, 손씻기, 별도주거지격리 (20일)
   ② 치유되므로 사회적 거리두기, 수건으로 입가리기
   ※ 마스크는 다빈치가 돼지오줌통으로 최초 제작

Mask   Hola Mask

그만 스톱! 간절한 기도

2022. 2. 15. ~ 3. 5.

　　　　　나도 모르게 절선그래프 추이도를 그리는 습관 하나가 생겼다. '코로나19만은 이제 그만, 스톱(stop).' 하는 간절한 기도 의식으로 중앙재난안전대책본부에서 발표하는 확진자 수치를 매일 그렸다.

　2월 15일에 57,100명에서 3월 5일엔 266,564명으로 폭증하고 있어 마치 북한에서 발사하는 미확인 비행물체처럼 공포감을 주고 있다.

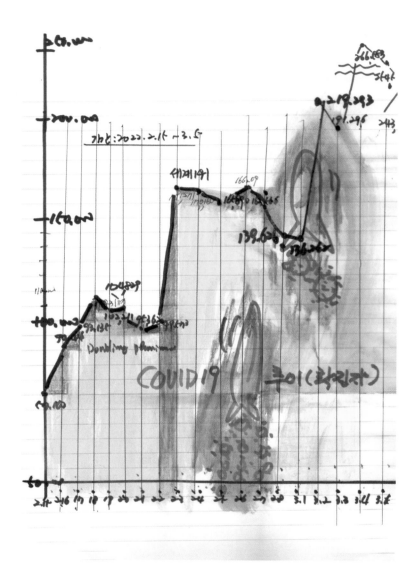

수성못 벚꽃에 새로운 참살이를!

 2022. 4. 10.

　　　　　일본 황군가 「같은 가지에 핀 벚꽃(同期の櫻)」에 "벚꽃 만발한 야스쿠니 신사, 봄의 벚꽃 가지 끝에 피어서 만나자."라는 노래 가사처럼 어쩔 수 없이 받아들여야 하는 절박함이 나를 짓눌렀다.

　수성못에서 봄의 벚꽃을 바라보면서 새로운 참살이(well-being)를 각오하면서 절박함에서 벗어나고자 한다.

새로운 정부를 맞이하는 코로나19

　　　　　지난 3월 9일에 투표하여 5월 9일에 새로운 정부가 취임하는 날이다. 정치방역을 과학방역으로 전환하겠다고 해서 그런지 1일 확진자 수가 5만여 명에서 1만4천 명까지 떨어지고 있다.

　5월은 가정의 달 혹은 축제의 달로 개인적인 외출도 많고, 지방자치단체에서도 축제 등 각종 행사가 많아서 사회적 거리 두기가 무너질 수 있음에도 잘 넘기고 있다.

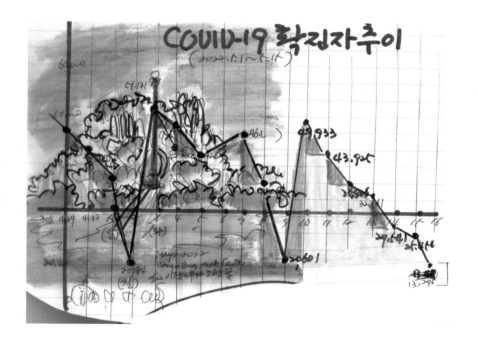

자가격리기 스케치 해외여행으로

2022. 5. 21. ~ 6. 1.

　　　　　재택격리로 집콕생활(home-stay life) 기간에 보다 보람과 희망이 가득한 일을 하고자 마음을 먹고, 과거의 나의 삶을 없애자는 생각으로 나의 영정사진을 그리고, "과거, 너는 죽었다."라며 빡~빡~ 찢었다.

　그리고 스케치북을 집어 들고 해외여행을 떠났다. 낮에는 유튜브(YouTube), SNS, EBS 혹은 KBS 등에서 해외여행을 찾아서 봤다. 반드시 스케치북을 잡고서 멋진 풍경이고 맛있는 음식 등을 스케치하고, 채색을 했다.

May21 ~ Jun1, 2020
In the bed with Corona Virus

자가격리중, 유튜브 해외여행을 보면서
스케치를 해서 현장감을 높이다.

답답함을 날려보내는 울릉도 여행

2022. 6. 13. ~ 6. 16.

　　　　　포항 신항만에서 출발하는 크루즈 여객선을 타고 밤 6시간을 객실에서 출렁거림을 느끼면서, 뱃멀미(sea sickness)를 달래면서 아침 7시에 사동항구에 내려서 8시에 저동항구로 이동하여 아침식사를 했다.

　박정희 기념비가 있는 후박나무 숲 아래에서 옛 저동항의 사진을 스케치하고, 앞에 펼쳐진 오늘의 방파제를 그려본다.

여기가 일본인의 다케시마 죽도인가?

 2022. 6. 16.

　　　　　대나무섬, 죽도(竹島)란 일본이 말하는 다케시마(竹島, Takeshima), 독도(獨島)를 말하는 것이다. 울릉도 옆의 대나무 섬[竹島]라고 오해하면 독도를 그냥 넘겨주는 꼴이 된다. 이것은 일본이 허수아비 오류를 초래하여 자국 영토화하려는 속임수다.

　　초등학교 다닐 때 일본이 왜 독도, 다케시마에 그렇게 목숨을 걸고 있는데 대마도, 쓰시마에는 그다지 관심이 없는 이유가 궁금했다. 거꾸로 읽으면 답이 나온다. 대마도는 '마시쓰(맛이 쓰다)'이고, 독도는 '마시케다(맛이 있겠다)'는 의미이기 때문이다.

독도가 왜 이렇게 망가졌을까?

2022. 6. 16.

　　　　　　독도는 화산활동으로 생긴 해산지대의
높은 봉우리가 해상에 나타난 첨단산정(尖端山亭)이다.
　그런데 오늘날 이렇게 형편없이 망가진 모습이 꼴불견인 이
유는 6·25전쟁 당시에 일본이 재일 미군(공군)에게 폭격 연습
을 이곳에 하도록 허가함으로써 흔적도 없이 없애버릴 생각이
었기 때문이다.

일본 태정관의 회신

2022. 6. 16.

　　　　　　울릉도 한 식당 벽에 경상북도 홍보 포스터가 붙어있어서 갖고 있는 수첩에다가 메모를 했다.

　문의한 취지의 죽도 외 1섬에 대한 사항은 우리나라와 관계가 없다는 것을 알아차리시길 바랍니다[伺之趣竹島外一嶋之義本邦關係無之義卜可相心得事. 明治十年三月二十九日 : As to the inquiry, the matter of Takeshima and another island, understand that this country has nothing to do with them. 29th March 1877 (the 10th year of Meiji)].

右大臣岩倉具視殿
伺之趣竹島外一島之儀本邦
関係無之義可相心得事
明治十年三月廿九日　〈日本太政官之令. 1849〉
1948년이 時資料을 찾아내었다

오미크론 기습에 집콕 격리생활을!

 2022. 6. 25.

지난 5월 21일부터 감기 기운에다가 몸 살기가 나타나서 집에서 간이진단을 받았으나 나타나지 않았다. 다시 오미크론 바이러스(Omicron Virus)가 의심스러워서 동네의원에 가서 다시 검진을 했으나 의사 선생님의 말씀이 "잠복기라서 나타나지 않을 수 있으니 2~3일 뒤에 다시 합시다."라고 했다.

점점 더 심해져서 다시 동네 의원에 진단을 받으니 양성(positive)으로 판별되어 치료 약을 받고, 격리에 들어갔다. 1주일 격리를 해도 증세는 좀처럼 풀리지 않아 1개월가량 고생했다.

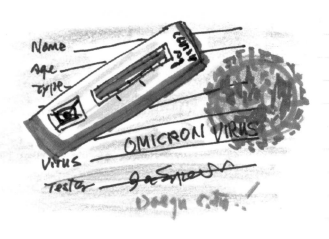

예방접종을 3번이나 맞았다. 그런데
오미크론 증(Corona Virus 레스토)이란 변종에
걸렸다. 7일간 자가격리되었고, 1개월간
잔기침과 브레인 포그(brain fog) 현상이
붙어 진료를 받았다. Jun 24, 2022 초
이〇〇 다 다〇〇

코로나 극복에도 수호천사는 있었다

 2022. 7. 5.

　　　　　　과학방역을 슬로건으로 질병관리청장이 지난 6월 17일에 교체되었다. 7월 13일 1만 명 미만이던 확진자가 5만 명을 넘어서자 제6차 확산 기미가 있어, 과학방역을 내세운 정부답게, '사회경제적 편익을 고려해 자율책임 방역'으로 선회했다.

　오늘이 있기까지 코로나19 방역에 온몸을 바쳐 투신했던 정은경 님이 수호천사라는 생각이 들었다.

질병관리청장 정은경

코로나 방역의 수호천사

○ 2017. 7. 감사원 감사로 정직(○ 감봉) 징계
  ─ 2015. 중앙 메르스관리 대책 본부 현장 점검 반장
○ 2017. ??. 26 질병관리 본부장 취임
● 초대 질병관리청장: 2020. 9. ? ~ 2022. 6. 17
○ 2022. 6. 8. 충북의대 손○○교수 등 방역패스
  직권남용 혐의로 청두리겸에 고발
                        July ?. 2022

할아버지의
코로나 생존일기

펴 낸 날 2022년 9월 2일

지 은 이   이대영
펴 낸 이   이기성
편집팀장   이윤숙
기획편집   윤가영, 이지희, 서해주
표지디자인 이윤숙
책임마케팅 강보현, 김성욱
펴 낸 곳   도서출판 생각나눔
출판등록   제 2018-000288호
주   소   서울 잔다리로7안길 22, 태성빌딩 3층
전   화   02-325-5100
팩   스   02-325-5101
홈페이지   www.생각나눔.kr
이 메 일   bookmain@think-book.com

• 책값은 표지 뒷면에 표기되어 있습니다.
  ISBN 979-11-7048-439-4(03810)